白貓黑貓

成語漫學 3

偵探頭腦篇

文字：方舒眉
漫畫：馬星原

目錄

【說話】

【行為】

【外貌】

【性格】

自序

白貓黑貓系列中的成語故事一直以圖文並茂、深入淺出的方式闡釋深厚的中國文化之道德及精神，而成語中的許多故事，家傳戶曉、耳熟能詳，當中的深意與教訓，年幼讀者或許未能完全明白，但馬星原老師以幽默漫畫演繹，則易看易明，瞬間能令學生掌握及了解其中的意義，有了此認識文化的基礎，孩子作文時就可更得心應手，而待他日成長後，因曾讀過故事當中的啟示，相信可更愉快地漫步人生路。

方舒眉

我承認，我的記性不大合格，自小對於人名往往記不牢，但對方的面相特徵卻深印腦海。

後來知道這是「圖像記憶」的緣故，並且知道我不孤單，很多人都是如此。以漫畫來敘述成語故事，好處是有「圖像記憶」，易於吸收和永存腦海。

這些成語故事，我除了正經的講述內容之外，更會想個「笑點」作結。勿認為這是畫蛇添足，而是學習時的快樂指數愈高，於吸收知識就有事半功倍的效果。這已有科學結論，可不是我「創作」的啊！

馬星原

【說話】

歡迎加入我們小偵探的大本營！要擁有偵探頭腦，首要條件是懂得看人，而看人的第一要訣，是看一個人怎樣說話。有些人比較慎言、有些人很愛說話、有些人道聽途說，隨便說沒有經過證實、缺乏根據的話。中國古代先賢就有很多關於「說話」的成語故事，現在讓我們一起細閱，並學習辨人的第一要訣。

信口雌黃

廣 seon3 hau2 ci1 wong4

普 xìn kǒu cí huáng

釋義

指經常更改言論，說話不負責任。

魏晉時期，西晉大臣王衍是一位有名的清談家（名嘴）。
他少年時已伶牙俐齒，博得四座讚賞。
可是他的言論常前言不對後語……
王衍先生，我記得以前你不是這樣說的！
這個嘛，其實是這樣的……所以如此這般……
王衍隨口更改，毫不在乎。

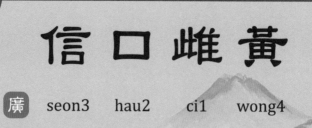

出處 孫盛《晉陽秋》

人們開始清楚他的為人，便稱他為「口中雌黃」。
信口
雌黃是甚麼呢？
雌黃是一種黃赤色的礦物，可作顏料。古時的紙是黃色的，寫錯了字，就用雌黃塗上再寫。
「口中雌黃」漸漸變作「信口雌黃」。
口中雌黃
信口雌黃

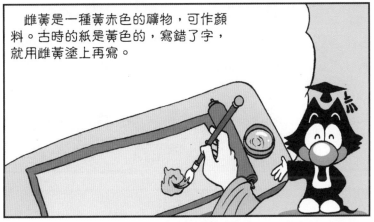

近義
信口開河、一簧兩舌

反義
三緘其口、一言為定

信

九劃

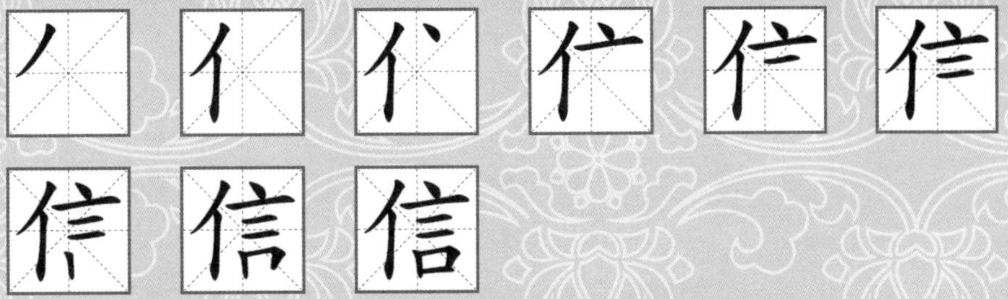

口

三劃

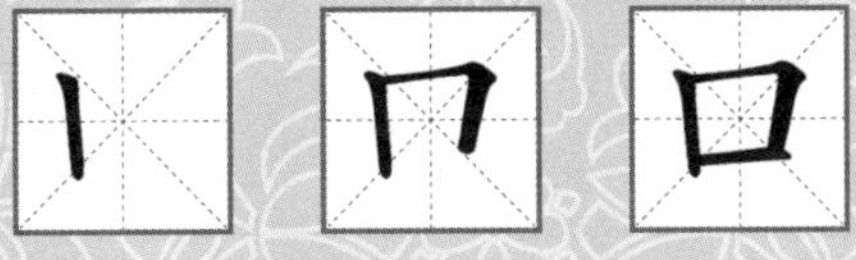

雌

十四劃

黃

十二劃

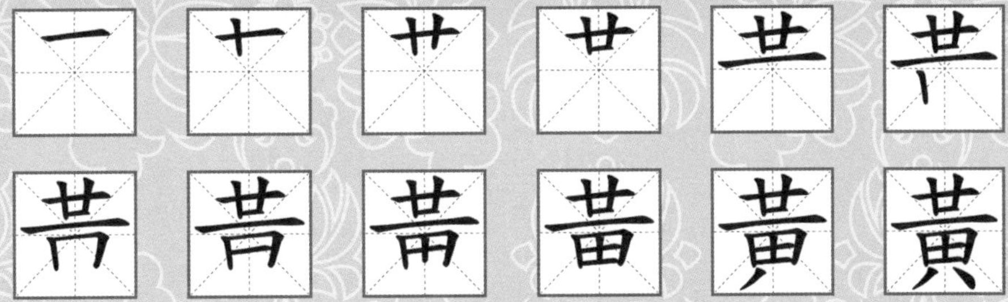

例句：

你犯的本來只是小錯，但你信口雌黃，胡亂掩飾，弄到不可收拾的地步了。

一言九鼎

廣	jat1	jin4	gau2	ding2
普	yī	yán	jiǔ	dǐng

釋義

許下的諾言有如九個鼎那麼重，表示絕不輕易失信於人。鼎，古代的金屬器皿，三隻腳，體積大而重。

啊！A博士，說好了……你要帶我們到迪士尼玩！
放心吧！我從來都是「一言九鼎」，絕不食言的！

A博士，你那九個鼎在哪裡呀？
「一言九鼎」是成語呀，讓我說說這個故事吧！

出處　《史記．平原君列傳》

戰國時代，諸侯割據，列強爭霸，強秦揮軍攻打趙國。趙國貴族平原君為此十分焦急……
唉，在此生死存亡之際，如今之計，唯有說服楚王合力抗秦。

到了楚國後，平原君極力游說，但說了大半天，楚王仍是沒有動容……

這時，平原君的隨從毛遂忽地越眾而出，來到楚王面前……
豈有此理！你想幹甚麼？我正在跟你家主人談話，退下！
在這大殿之上，十步之內沒人能保護你，你的性命……就在我手上，大王是知道的吧！
接着，毛遂趁機向楚王分析當前形勢，並列舉聯合抗秦的好處。
毛遂義正詞嚴，幾經解說，終於說服了楚王與趙國訂立盟約。

義近

一諾千金、言而有信

平原君回國後，對毛遂讚譽有嘉……
先生對楚王說的那番話，就像九個鼎一樣分量十足，同時也使我國的地位大大提升。
成語「一言九鼎」就是從這裡演變出來。
A博士，為甚麼「九鼎」代表有分量呢？
相傳大禹登位後把屬土分為九州，並鑄造九個鼎來象徵國家，所以我們用「九鼎」代表有分量呢！
哥哥也是一言九「頂」的呢！
甚麼？
就是你說一句，他頂嘴頂足九句！

義反

言而無信、出爾反爾

一

一劃

言

七劃

九

二劃

鼎

十三劃

例句：

陳先生一言九鼎，從不失信於人，

所以十分受人敬重。

強詞奪理

廣 koeng5 ci4 dyut6 lei5

普 qiǎng cí duó lǐ

兔寶寶
生日快樂！
我親手做了
蛋糕送給妳，
上面有妳最愛
吃的士多啤梨
……
士多啤……
梨……?!
沒有呀 ?!
Q小子！
又是你幹的
好事？
我只是想幫大家
試試味，怕小咪弄
得不好吃呀……

釋義

強詞，強辯之詞；奪，爭也。指把牽強無理的說話，硬說成有道理。

出處 《呂氏春秋》

你這樣說未免太強詞奪理了。
我只是偷吃士多啤梨，沒有「奪梨」呀？
「強詞奪理」這句成語，發生在戰國的時候……
宋國大夫高陽應，他最喜歡強辯，雖然別人嘴上說不過他，但心裡總是不服氣。有一次他要蓋一幢房子……
怎麼還不動工呀?!
對不起，現在不適合動工。
為甚麼？
因為木料還沒有乾，假如用濕的木頭做樑柱，日後一定會出現裂痕……

義反

理直氣壯、不言而喻

義近

滿嘴胡纏、蠻不講理、橫蠻無理

強詞奪理
強詞奪理
強詞奪理

到時候支撐不住，房子就會塌下來呀！
別傻，我認為事實恰好相反！房子不會倒，反而更堅固！
你看，木頭愈乾愈有力，磚瓦和泥土愈乾愈輕……
現在木頭還濕仍可以支撐屋頂，到木頭風乾後……
磚瓦的壓力減輕，不是更能支撐得住嗎？怎麼可能會倒塌呢？
木匠無可奈何，只好依照高陽應的意思去做。可是不出所料，房子很快就倒塌了！
哇，怎麼回事?!

哼！哪有這樣的人？
你剛才做的事跟高陽應有甚麼分別？把自己無理的話硬說成有道理。
既然你這麼愛試味，我最近新炮製了一道菜，你幫我試試味如何？
嗯？小咪你真好，甚麼菜式呀？
看我的「藤條炆豬肉」……
哈!
救命呀！
哈!

強

十一劃

詞

十二劃

奪

十四劃

理

十一劃

例句：

明明是他做錯事，父母親教訓他，

他還「強詞奪理」，真是不應該！

口若懸河

廣 hau2 joek6 jyun4 ho4

普 kǒu ruò xuán hé

釋義

形容一個人能言善辯，或十分健談，說話好像傾瀉的河流，滔滔不絕的樣子。

市民的需要是如此如此……
這般這般……政府應該……
此君長篇大論，喋喋不休，說的比做的多……
他又不是執政，議政當然是用說的！而且，你要欣賞他的口若懸河……

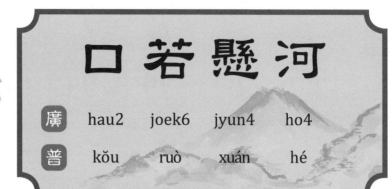

甚麼口若懸河呀！有口若懸「海」的嗎？哈哈！
「口若懸河」是成語呀！
晉朝時，有一位大學問家，名叫郭象。
郭象
哈，是大象先生嗎？
緊握！
砰！
哎呀！
滔滔不絕
郭象見解精闢，而且口才出眾，說話頭頭是道……

出處 《晉書．郭象傳》

當時有一位太尉叫王衍，他十分欣賞郭象的口才，常稱讚他……
王衍
聽郭象說話，就像洶湧而下的河流，永遠沒有枯竭的時候。
後人便根據王衍稱讚郭象的這句說話，引申出「口若懸河」來形容能言善辯，而且滔滔不絕……永遠有說不完的話。
你才是滔滔不絕呢！
這是目前市面上最新型號的手提遊戲機……

義近

滔滔不絕

「任天狼」出品第三世代「ＮＢＳ」……
新一代 NBS!
內有人工智能，功能多不在話下……
這遊戲機真是不得了的發明啊！功能多到說不完……
談到遊戲機，你就真是口若懸「海」了！

反義

沉默寡言

口

三劃

若

九劃

懸

二十劃

河

八劃

例句：

他剛自外地旅行回來，所以口若懸河地向大家說着旅程中種種有趣的遊歷。

要成爲出色的小偵探，其中一項條件是要了解不同人說話中所**隱藏的意思**，以便找出案件線索！以下有四段對話，試以一個與「說話」有關的成語，總結說話者對提及人物的眞實感覺。

小偵探初階訓練班

家安應承了你但又把你的秘密告訴別人？不太可能吧！早前他某位朋友快將參加籃球比賽，他答應會陪朋友練習，結果他說到做到，每天風雨不改，奉陪到底。你對他是否有甚麼誤會呢？

你看了昨天的班際辯論比賽嗎？辯方其中一位同學發言時滔滔不絕，不斷提出論點反駁正方，在發問時間又向正方多次提出質問，讓對方難以招架，難怪最後被選為「最佳辯論員」呢！

昨天放學後，班上有同學的錢包在街上被偷走，事後老師已幫忙報警處理。今天老師再次報告事件，並提醒我們小心保管財物，健華卻指錢包是被班上其他同學偷走的。他常常都妄下判斷，所以大家都討厭他。

昨天弟弟偷吃了朋友送給我的糖果，我親眼目睹，但是他說我把糖果隨便放在桌上，他才會拿來吃。我說我有留下提醒字條，他就說看不到，而且沒有道歉。真是氣死我了！

答案見頁 138

通關鎖匙

咦？地下有很多把鎖匙啊，還有很多道門，它們到底是通往哪裡去的？
每道門上都有一個成語，假如成語與鎖匙上的成語意思相反，鎖匙便可開啟那道門，通往下一個成語故事。你能找出正確的配對嗎？

門：

- 信口雌黃
- 一言九鼎
- 強詞奪理
- 口若懸河

鎖匙：

- 沉默寡言
- 出爾反爾
- 三緘其口
- 理直氣壯

答案見頁 138

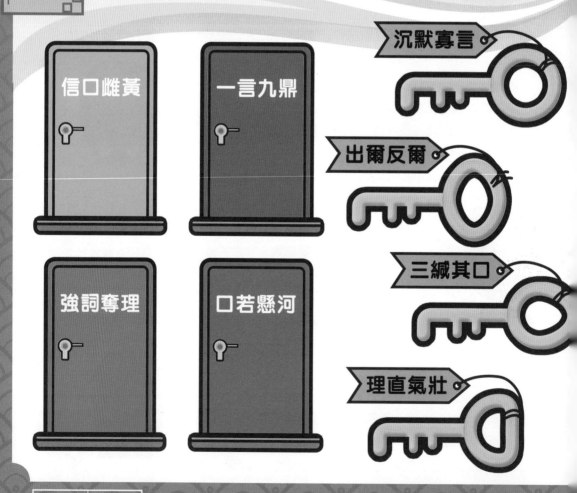

【行為】

學習辨人，更進一步是觀察一個人的行爲。《論語・公冶長》提到：「聽其言而觀其行。」我們不能盡信一個人的說話，還要看看他的所作所爲，是否言行一致，而且行爲比說話更能反映他是一個怎樣的人。小偵探，讓我們一起閱讀有關行爲的成語故事，學習觀察人的行爲舉止。

東施效顰

廣 dung1 si1 haau6 pan4

普 dōng shī xiào pín

釋義

嘲笑一個人不自量力的模仿別人，猶如醜女東施模仿美女西施的顰態，效果更為不妙！

西施是我國古代的四大美人之一。
西施向來有心痛的毛病，每次發作時，她都皺着眉頭以手輕按胸口而行……
她這樣的動作，人們覺得很美……

東施效顰

東施效顰
東施效顰
東施效顰

出處　《莊子・天運》

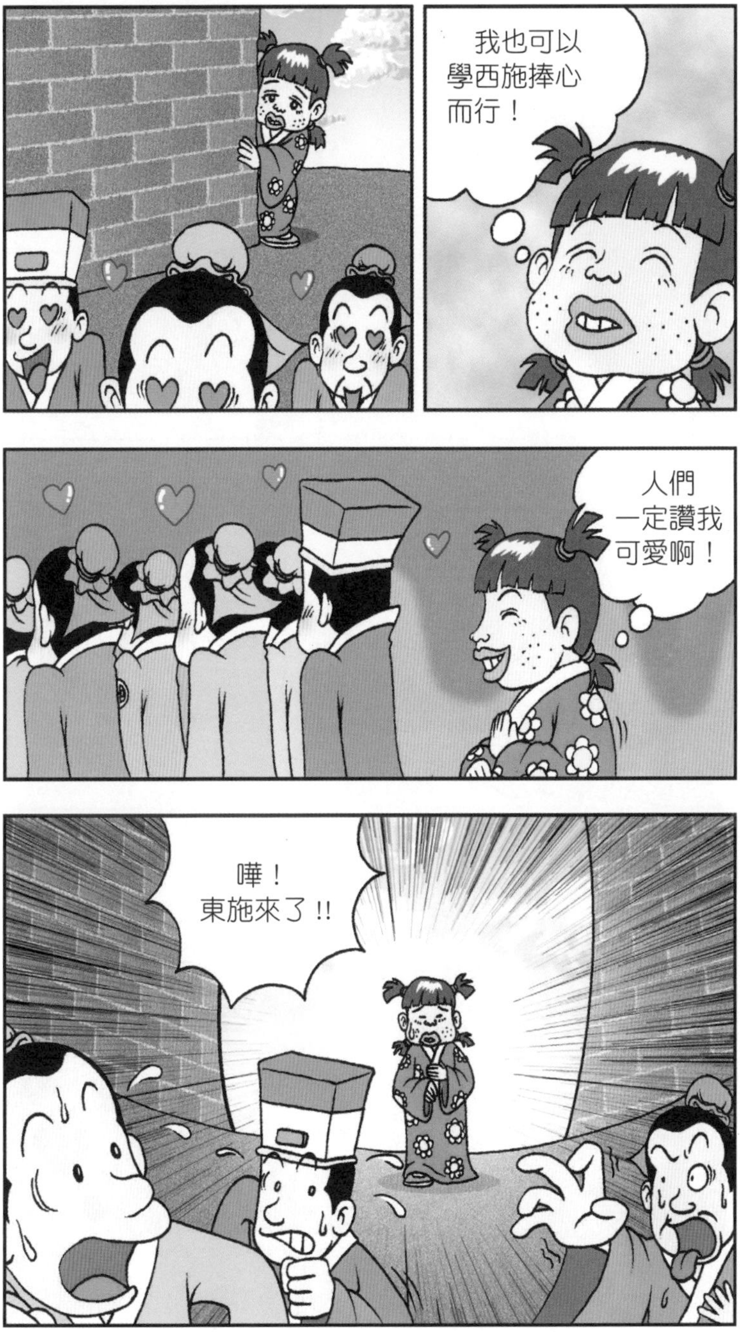
我也可以學西施捧心而行！
人們一定讚我可愛啊！
嘩！東施來了!!

這個故事教訓我們，要了解自己的缺點，不可盲目胡亂的模仿他人，以致適得其反。
快閃！北施來了！
誰是北施？
比東施……更可怕的生物！

義近 畫虎不成反類犬、弄巧反拙

義反 標新立異

東 八劃

施 九劃

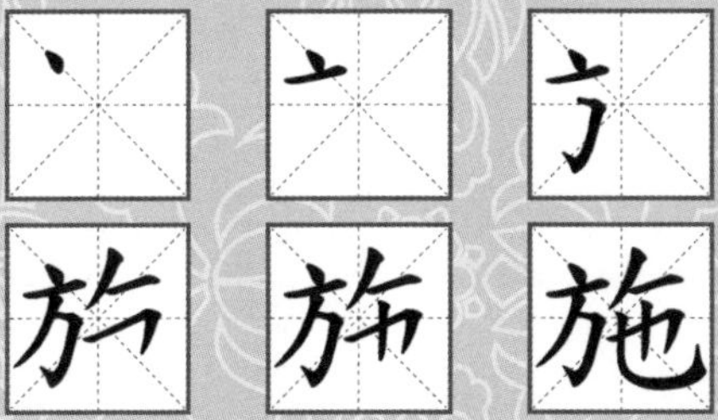

效 十劃

顰 廿四劃

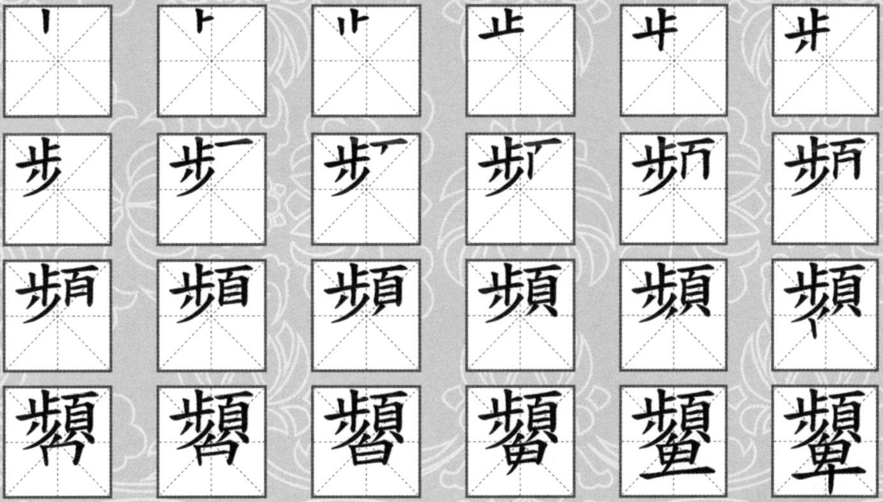

例句：

她五音不全卻專扮鄧麗君唱歌，

給人東施效顰的感覺。

手不釋卷

廣	sau2	bat1	sik1	gyun2
普	shǒu	bù	shì	juàn

釋義

以一個人不肯把手中的書放下來，比喻抓緊時間勤學，或指看書看得入了迷。

吃東西啦，你還在看書！
「手不釋卷」嘛！
讓我說說這個故事給你聽……
味
呂蒙是三國時代東吳的一員大將。他少時家貧，沒有機會讀書。後來，他轉戰沙場，為國家立下不少汗馬功勞。

出處 《三國志·吳書·呂蒙傳》

他從軍後雖然驍勇善戰，但因文化水平不高，總是有所欠缺。
有一天，東吳主公孫權召見他。
呂蒙啊，你要讀點歷史和兵法，增長智識，才能好好統領三軍的啊！
軍中事務繁忙，臣恐怕沒有時間讀書……
你的事情總沒有我的多吧？時間是要自己擠出來的！
從前，漢光武帝在軍務繁忙之際，手裡還是拿着書本，不肯放下來呢！

手不釋卷

手不釋卷

手不釋卷

手不釋卷

行為

呂蒙接受孫權的規勸，結果讀遍了兵書和其他歷史古籍，變成了一名學識淵博的大將。
後來，連孫權的謀士魯肅也感到自己的見識比不上呂蒙……
你已經不是當年的「吳下阿蒙」，真令人刮目相看呢！
所以，「手不釋卷」是求學之道！
我也是手不釋「卷」！
你手中的是壽司「手卷」！

近義

孜孜不倦、懸梁刺股

反義

一暴十寒、心猿意馬

手

四劃

不

四劃

釋

二十劃

卷

八劃

例句：

弟弟手不釋卷看《三國演義》，

愈看愈入迷，還經常拍手叫好。

陶侃搬磚

廣	tou4	hon2	bun1	zyun1
普	táo	kăn	bān	zhuān

釋義

形容一個人不貪圖逸樂，為了未來他會持續抱持希望，不斷磨練自己的意志和能力。

很累啊……
咳！
別偷懶喔。
你別突然出現嚇唬人嘛！
誰叫你常常借機偷懶，一點「陶侃搬磚」的精神也沒有！
塗？
罕？
塗罕？途刊？你在說甚麼呀？

陶侃搬磚
陶侃搬磚
陶侃搬磚

出處 《晉書 · 陶侃傳》

陶侃是東晉人，曾任荊州刺史。
後來被奸人陷害，貶職到偏遠的廣州地區。
真是讓人沮喪！
是啊，但陶侃並無自暴自棄，亦未有因為廣州的事務清閒而安於逸樂。
每月公文
我也沒有自暴自棄。
你先聽聽陶侃的故事再自辯吧！
Sorry~
陶侃每天早上均把一百塊磚從書房搬去庭院。
?!

到了晚上，他再把磚一塊塊搬回屋內。
為甚麼你每天都得把這些磚頭搬來搬去？
雖然我現在身處南方，但我重返朝廷的志向並沒有改變。
中原!!
一個人如果貪圖逸樂，便會意志消沉，將來便無法成就大業。
搬磚雖然累，卻能磨練我的意志，訓練自己的恆心和毅力。

「陶侃搬磚」便是形容一個人決不貪圖逸樂，不思進取……
為了志向與理想，努力不懈，不斷刻苦磨練自己。
陶侃搬磚
不好意思！
……
怎樣？明白陶侃搬磚的精神沒有了嗎？
喔，明白了。為了證明我並沒有自暴自棄……
我也來搬磚好了。
他到哪裡去找磚塊呢？
這個「搬磚塊」的電腦遊戲還真好玩！

陶

十一劃

侃

八劃

搬

十三劃

磚

十六劃

例句：

雖然他在校際網球比賽中落敗了，但他懷着陶侃搬磚的精神，仍堅持練習，務求下次勝出。

【外貌】

有人生成一副惡人相，有人卻俊美得如詩如畫。佛家有一句諺語：「相由心生」，我們看人，有時也可從其外貌、神態、表情對其內心所想略知一二。不過，孔子曾經因爲只看弟子子羽醜陋的外貌，而誤判他是一個不會有大成的人。因此，外貌只能是辨人好壞的其中一種方法，不能盡信。小偵探，現在就讓我們一起認識一些跟美貌有關的成語。

沉魚落雁

廣	cam4	jyu4	lok6	ngaan6
普	chén	yú	luò	yàn

釋義

原意說魚、鳥等不辨美醜，只懂見人就避。後世用來形容女子貌美，魚鳥不敢與之媲美。

我去河邊取水。
Q小子！快過來！快過來呀！
啊！剛才有很多魚游來游去，但我一站近，牠們便鑽到水底去……

出處 《莊子 · 齊物論》

我猜是因為妳有「沉魚落雁」之貌啊！
馬老師給我說過這故事……
話說春秋時代，越國有位美女，名叫西施。
嘩！西施真美啊！我們怎樣也比不上，快走吧！
那麼落雁的故事呢？
不記得了～
我來說吧！

沉魚落雁
沉魚落雁
沉魚落雁
沉魚落雁

「落雁」說的是漢代美女王昭君。話說匈奴王來見漢元帝……
漢皇，本王聽聞貴國有位美人名叫王昭君，本王欲與貴國和親。
和親可拉近兩國關係，避免戰爭。
好吧！
王昭君很美啊！
喂，你看見王美人，歡喜得忘了拍翼啊！

義近

閉月羞花、花容月貌、國色天香

所以後世就用「沉魚落雁」來形容樣貌美麗絕倫的女子！
很香啊，甚麼味道？
原來這就是「落雁」……
「沉魚」一定是因為魚兒都怕貓會吃掉牠們！
她正自我陶醉，不要把真相告訴她……

沉

七劃

魚

十一劃

落

十三劃

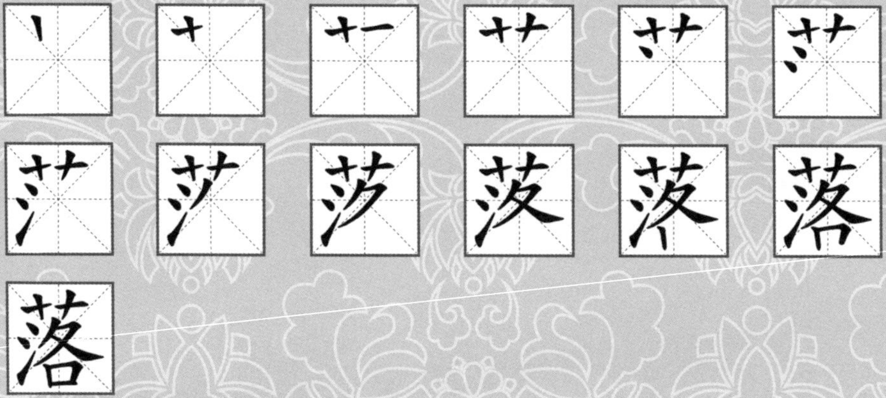

雁

十二劃

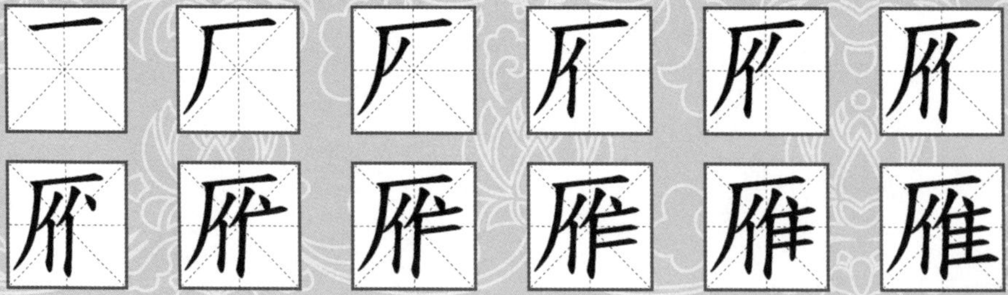

例句：

參加今次選美比賽的佳麗，不少具有沉魚落雁之貌，真是歷屆少見呀！

閉月羞花

廣	bai3	jyut6	sau1	faa1
普	bì	yuè	xiū	huā

釋義

形容女子容貌娟好，月兒自覺比不上，花兒也自感羞愧。

出處 三國魏．曹植《洛神賦》:「髣髴兮若輕雲之蔽月
唐．李白《西施詩》:「秀月掩今古，荷花羞玉顏。

哇！
Q小子，你真是閉月羞花呢！
閉月羞花?
「閉月」和「羞花」是稱讚女子樣貌娟好，就連月兒和花兒也比不上。
「閉月」出自曹植的《洛神賦》，描述他對甄宓的愛戀……

宓：音服

曹操三父子對甄宓皆情有獨鍾，但她只喜歡曹植，最終卻被迫嫁給曹丕……
後來遭郭皇后毒害，最終香消玉殞……
曹植大受打擊，於洛水河畔寫下《洛神賦》來紀念她。
其中一句「髣髴兮若輕雲之蔽月」，形容月兒自覺比不上甄宓的美，於是躲起來。
亦有指「閉月」是來自對貂嬋美貌的讚語。

外貌

義反

其貌不揚

她在花園拜月時，
明月忽然被雲蓋住，
王允便說她美得連月
亮也自覺比不上。

那麼「羞花」又是稱讚誰呢？

民間傳頌，「羞花」是指唐朝楊貴妃楊玉環……

她在宮中遊玩賞花，
無意間觸碰到含羞草，
它們立即合起葉子……

宮女們見狀，便讚楊貴妃的美足以令花兒羞愧……

眾人對楊貴妃的讚美，連唐明皇也聽到，因此引起他的注意……

自此楊貴妃更是萬千寵愛在一身呢！

嘩！你剛才的情況與楊貴妃一模一樣啊！
Q貴妃！
住口！
Q貴妃！
「閉月羞花」跟「沉魚落雁」都是用來形容中國古代四大美人呢！
喔，原來是這樣……
哈哈，我是……沉魚落雁。
我便是……閉月羞花。

閉

十一劃

月

四劃

羞

十一劃

花

八劃

例句：

新娘子今天美得閉月羞花，每個賓客都爭相和她合照。

看圖解謎題

這裡有好多幅圖啊！可是要怎麼看？

每幅圖都代表了一個成語，這些成語就是通關密碼。試猜猜圖中的意思並利用密碼提示解開謎題，當中還有曾在《白貓黑貓成語漫學 2 動物傳奇篇》學過的成語呢！

1

2

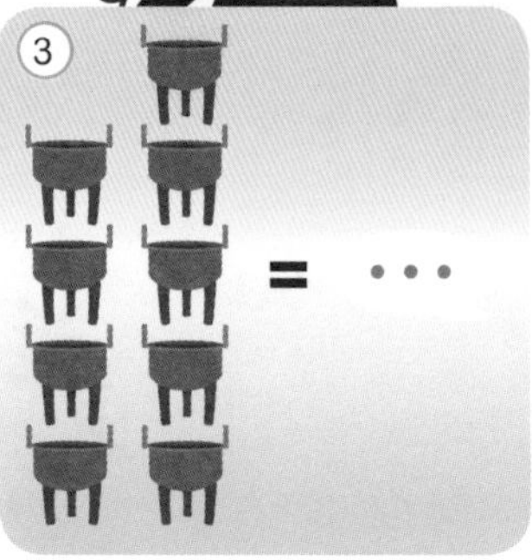
3
= • • •

4

5

6

密碼提示

施 烏 顰 鼎 過 相 釋 八 陶 仙 搬 伯
人 不 成 手 卷 虎 東 效 三 海 樂
閉 月 羞 九 花 愛 屋 侃 磚 及 一 言

答案見頁 138

【性格】

有人說：「性格決定命運」，雖然不是放諸四海皆準，但偵探辦案時，都會了解犯案者有怎樣的性格，才會有如此的舉動。孔子曾認爲弟子宰予「不仁」，性格過於自我、自私，且認爲他「朽木不可雕」，最後宰予眞的爲了追求富貴而參與叛亂。透過學習與性格有關的成語，我們可從中認識不同性格特質，加深對別人和對自己的了解。

性格

破釜沉舟

廣	po3	fu2	cam4	zau1
普	pò	fǔ	chén	zhōu

釋義

把鍋打破，把船鑿沉，自絕退路。比喻下定決心去做一件事。

秦朝末年，烽煙四起，本來臣服的六國紛紛叛變。

秦派兵攻打趙國京城……

出處 《史記・項羽本紀》

趙國被圍，項羽領兵前往救援……
楚懷王
秦兵勢眾，我怎樣才可打勝這仗呢？
我軍要渡河……噢！我有辦法！
項羽渡河後，下令將所有船隻鑿沉（沉舟），再把全軍的飯鍋砸碎（破釜），只發給每名士兵三天乾糧，甚至連軍營也拆去。
自絕了退路，如果打敗仗，我們便無路可逃了！
項將軍就是要我們許勝不許敗！

破釜沉舟

破釜沉舟

破釜沉舟

破釜沉舟

性格

近義
背水一戰、焚舟破釜

反義
望風而逃、棄甲曳兵

楚軍將士在沒有退路的情況下，抱着必死的決心和秦兵拚殺。他們以一敵十，終於大敗秦軍。
破釜沉舟果然奏效，我也要……
來人，立刻把舟弄沉！
Q
啊！請問發生了甚麼事？
Q將軍，我們仍在渡江中呀！

破

十劃

釜

十劃

沉

七劃

舟

六劃

例句：

天下無難事，只要有破釜沉舟的決心，沒有不成功的道理。

墨守成規

廣 mak6 sau2 sing4 kwai1

普 mò shǒu chéng guī

釋義

固守舊見解，不思變通和革新。

墨守成規是甚麼意思？
戰國時，楚國攻打宋國，於是楚王請公輸般為他製造攻城用的雲梯。
大王，雲梯造好了！
反對戰爭的墨子知道後，馬上勸阻……
楚王請不要開戰！
可是，
我連雲梯也建好了！

出處 《墨子》

可否如此，讓我模擬守城，公輸般攻城，看看他能否攻得進去？
也好！

結果公輸般攻了九次，都被墨子守住了城。

我把這墨子殺了，就不怕他為宋國守城！

哈哈，我知道你在想甚麼，但我已把守城之法傳給門徒，即使殺了我，也攻不進宋國的！

性格

算了！不攻打宋國了！
這故事出自《墨子》，「墨守」本來指堅守嚴密的意思……
但後人卻創出「墨守成規」的成語，比喻人們不求革新！
為甚麼會以墨子來比喻守舊呢？真奇怪！
我懂得運用這句成語了！
A博士不求革新，墨守成規！

近義 故步自封

反義 推陳出新

墨

十五劃

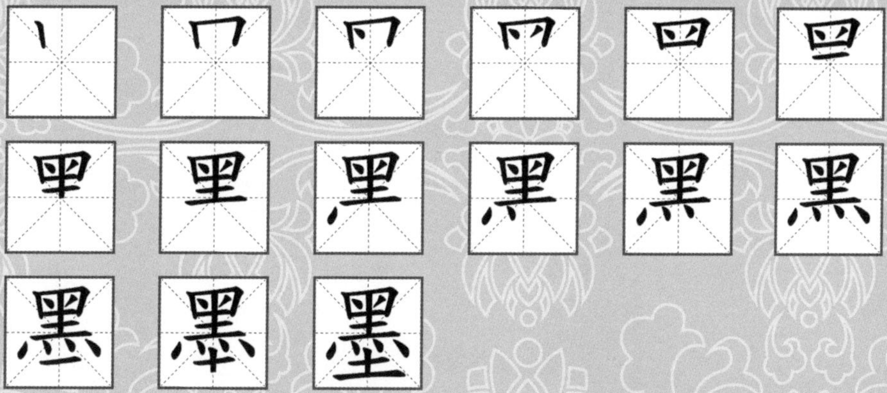

守

六劃

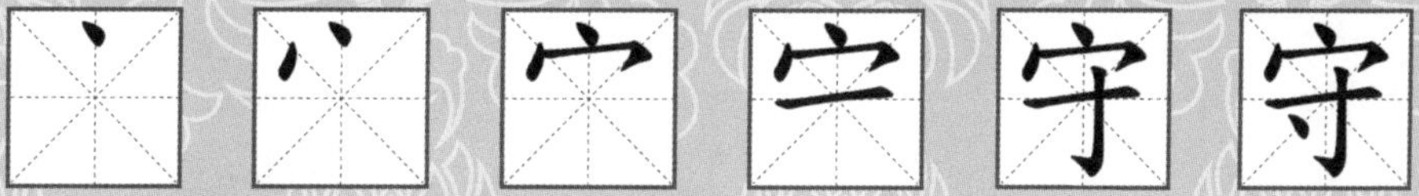

成

六劃

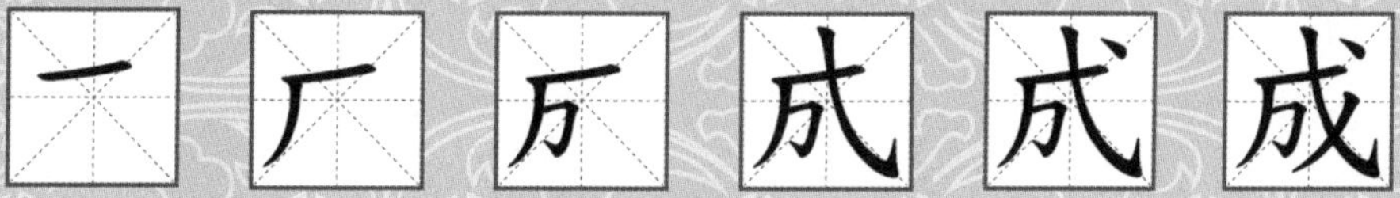

規

十一劃

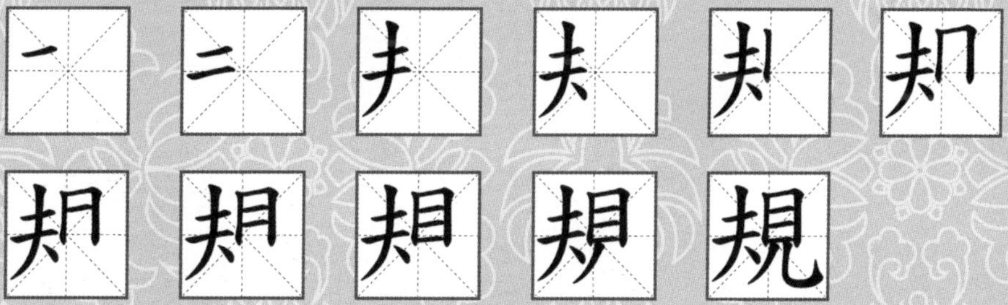

例句：

這家店的商品曾經流行一時，然而成功後即墨守成規，不求進步，結果被對手趕上。

杞人憂天

廣	gei2	jan4	jau1	tin1
普	qǐ	rén	yōu	tiān

釋義

為古代寓言，用以提醒人，不要為不切實際的事情擔憂。

古時有一個杞國人，很膽小，常想些古怪的問題，讓人莫名其妙。
有一天吃完晚飯，他看一看天，又看一看地，忽然擔心天會塌下來。

出處 《列子 · 天瑞》

如果天塌了下來，豈不是無路可逃？
會被活活壓死！哇！怎麼辦呢？
他擔心天會塌下來，每天都為此發愁，焦急得吃不下飯，人也日益憔悴。
你別瞎操心啦……
天只是大氣充積而成，哪會塌下？
好吧！即使天不塌下，但日月塌下來又怎辦？

性格

近義：庸人自擾

反義：無憂無慮

雖然旁人苦勸他，即使日月星辰塌下來，也不是他一個人憂慮發愁可以解決的……
後人便以此篇寓言提醒人，不要為不切實際的事情擔憂。
不過到了今時今日，杞人憂天似乎並非過慮！
臭氧層也穿了！

杞

七劃

人

二劃

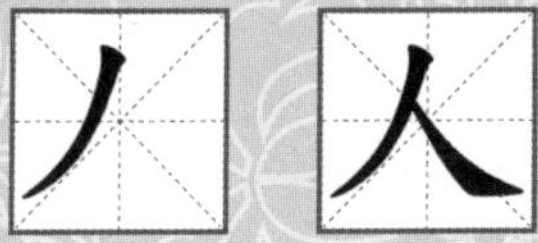

憂

十五劃

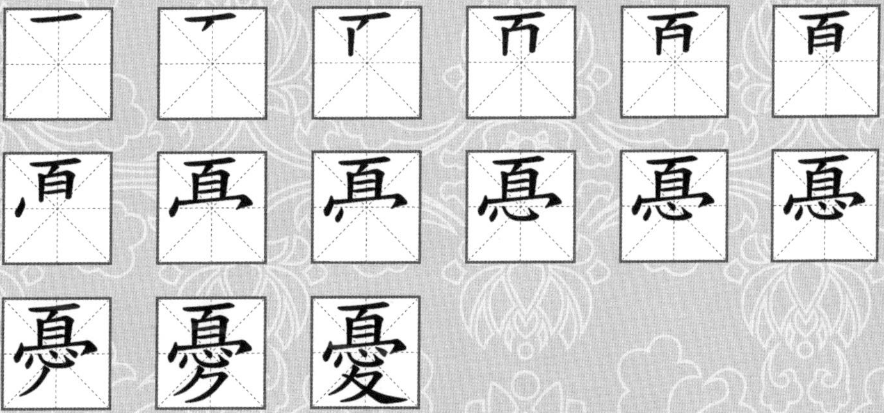

天

四劃

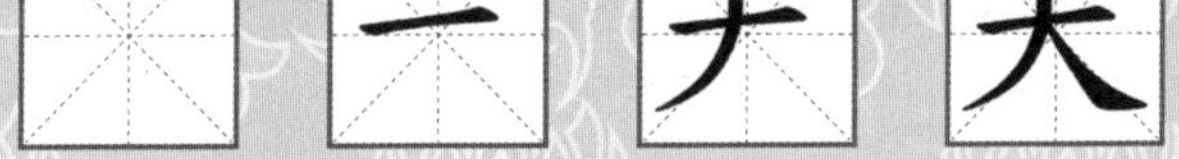

例句：

身體好端端的卻要不停找補藥吃，不是杞人憂天是甚麼？

匹夫之勇

廣 pat1 fu1 zi1 jung5

普 pǐ fū zhī yǒng

釋義

匹夫，一個人。匹夫之勇指一個只逞一時血氣之勇的人。形容人有勇無謀。

出處 《國語‧越語上》

春秋時，越王勾踐被吳王夫差打敗，更被捉作俘虜，囚禁在吳國達三年之久，受盡恥辱。
越王勾踐忍辱負重，終被夫差釋放，得以返回越國……

自此之後，越王勾踐決心勵精圖治。十年過後，越國國富民強，兵馬強壯，全國的人民向勾踐請戰……
君王，請你下令與吳國決一死戰，讓我們為你復仇雪恥。

於是，勾踐召集眾將士，對他們訓話……
我聽說古代賢君從不愁士兵少，只愁士兵缺乏自強的精神……
我希望你們要用智謀，不要單憑匹夫之勇，大家步調一致，同進同退……

越
越
由於全體將士鬥志十分高昂，終於打敗了吳王夫差，滅了吳國，為勾踐報了仇。
「匹夫」，意即一個人。「匹夫之勇」就是指一個人行事只憑血氣之勇，形容此人有勇無謀。
成語「匹夫之勇」就是從這個故事中演變出來的。
小D，你和豬小弟、龜太郎陪我去找狐狸算帳！
我找人陪伴，不算「匹夫」之勇了吧！

近義：有勇無謀

反義：智勇雙全

匹

四劃

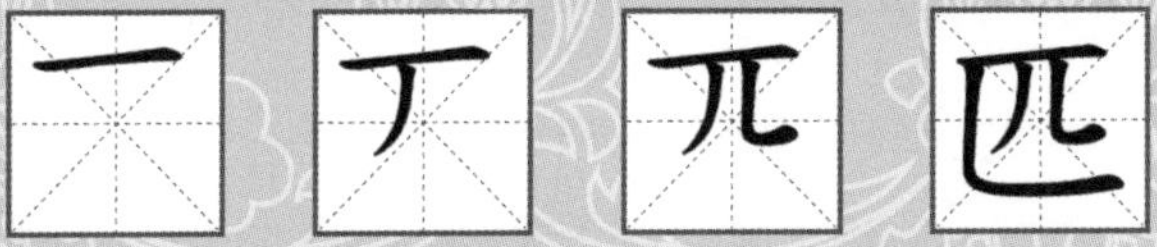

夫

四劃

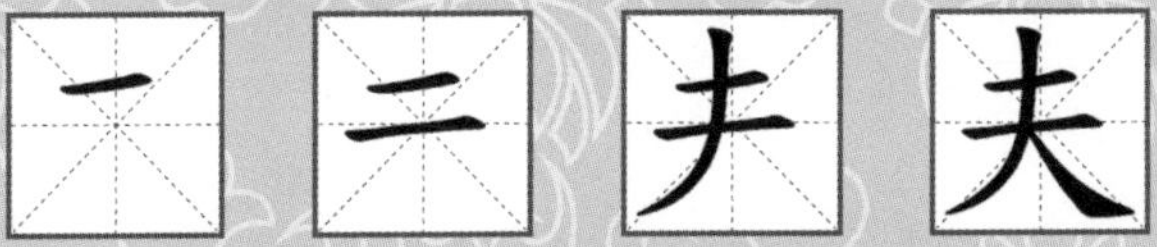

之

四劃

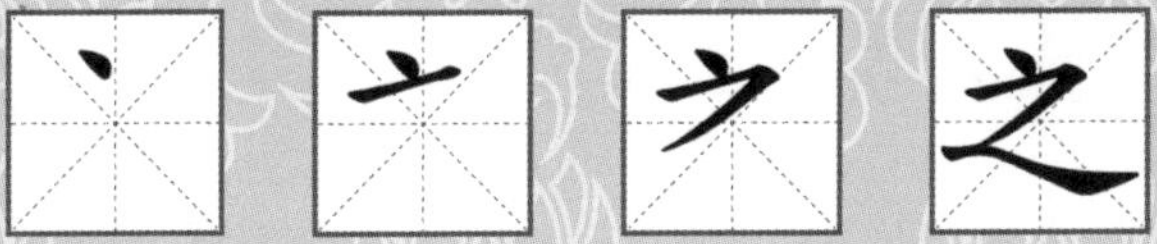

勇

九劃

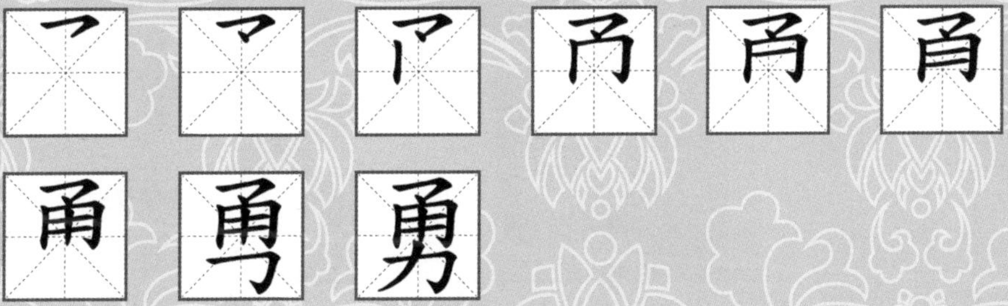

例句：

他愛逞匹夫之勇，常常把事情搞垮，弄巧成拙。

義薄雲天

廣 ji6 bok6* wan4 tin1

普 yì bó yún tiān

釋義

「薄」指迫近。原指文章表達的內容很有意義，後用以形容一個人很有義氣。

* 由於「薄」在這個成語中指迫近，因此部分人會將「薄」讀作「迫」(bik1)。

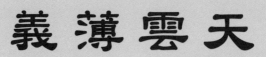

出處

《宋書 · 謝靈運傳》：「英辭潤金石，高義薄雲天。」
杜甫《彭衙行》：「故人有孫宰，高義薄層雲。」

不如你幫我畫好不好？
反正我已畫完了，好吧！
太好了！你真是義薄雲天！
Q小子！你在吵甚麼！
剛才他說我「義薄雲天」，到底是甚麼意思？

義薄雲天出自《宋書・謝靈運傳論》的『英辭潤金石，高義薄雲天』。
問得真合時！
這個成語是形容關羽的為人，當時劉備招兵買馬……
關羽見劉備雙耳垂肩，雙手過膝，認定此人具帝皇之相……
遠觀其久，見此人與各階層人士相處毫無隔膜……
認定此人識英雄重英雄，更覺投緣，便一直追隨他轉戰南北。

即使生活顛沛流離，關羽亦毫無怨言。
後來曹操東征徐州，劉備命關羽對陣……
此陣關羽戰敗，曹操更捉了劉備的妻子甘夫人，關羽眼見主公的妻子落入敵軍之手甚為擔憂和不安。
曹操對關羽十分賞識。關羽投降曹操，並以此為便以保護被擄的甘夫人……
哈哈哈

義薄雲天
義薄雲天
義薄雲天

曹操知道關羽忠於劉備，派張遼試探他的意向……
我知道曹操待我很好，但我與劉備情同手足，決定與他同生共死，我是不會違背這諾言的。
在官渡之戰中，關羽立下大功，曹操封他為「漢壽亭侯」……
但當關羽一知道劉備的下落，立即留書掛印離開曹操，最後還是效力劉備。
關羽一生重視信義，死後與孔夫子齊名，並稱文武二帝呢！
很多酒家餐廳都供奉關帝呢！

關羽就是人稱的『關二哥』嗎？
沒錯！
原來我幫Q小子畫畫，跟鼎鼎大名的『關二哥』一樣都是義薄雲天！
Q小子！
立刻把畫畫好！畫不完，留堂繼續畫！
對不起！

義

十三劃

薄

十七劃

雲

十二劃

天

四劃

例句：

義薄雲天的他，知道朋友有難，一定會拔刀相助的。

性格大搜查

偵探能從一個人的言語中，辨別他是甚麼性格，從而推測案情。以下人物各有哪種性格？試留意他們的自我介紹，並以一個與「性格」有關的成語評價他們的性格。

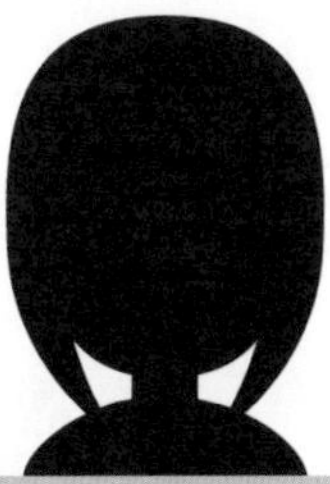

我發現我有太多事情要煩惱了！每當我要訂立每星期的計劃時，總要考慮不同事情，例如相約朋友外出當日會否下大雨、是否會因交通意外而遲到……有時覺得想這麼多很煩，但是我無法不去想呢。

她是＿＿＿＿＿＿＿＿＿＿＿。

數年前，我在街上被人偷走了錢包，當我苦惱要怎麼處理時，偶然路過的一位路人跟我一同到警署報案，又出錢送我回家。後來我跟他成了朋友。最近，聽說他家中發生一些問題，我決定幫他度過難關。朋友之間互相幫忙不是應該的嗎？

他是＿＿＿＿＿＿＿＿＿＿＿。

答案見頁 138

我翻看了過往學生會的資料，有很多值得參考的地方。我認為本屆學生會跟從他們的行事方式，以及依照以往的工作計劃籌辦相同活動，便是最合適的方針，而不須作出改變。

他是＿＿＿＿＿＿＿＿＿＿。

大學畢業後，我在一家公司工作了數年。我希望到海外深造，豐富自己的見識和眼界。為了準備入學試，最近我辭去了工作，希望能專心溫習，考上心目中的學校。

她是＿＿＿＿＿＿＿＿＿＿。

【態度】

一個人的態度如何，是影響事情成與敗的重要因素。《尚書》有一句：「滿招損，謙受益。」提醒我們驕傲自滿會招致損失，因此應時刻保持謙虛的態度，不因一時的成功而自滿。偵探辦案，也會從疑犯做人做事的態度，估計其犯案動機，以及事敗的原因。我們也可從一些成語故事之中，辨別不同人對人對事的態度。

趾高氣揚

廣 zi2 gou1 hei3 joeng4

普 zhǐ gāo qì yáng

釋義

走路時把腳和頭抬得很高，比喻一個人驕傲自滿，目中無人。

楚
春秋時代，楚武王的兒子屈瑕率兵攻打絞國。
絞國投降接受城下之盟。
勝利了！
今次能智取敵軍，全憑我運用的計謀才成功啊！

出處 《左傳 · 桓公十三年》

不久，楚武王又派他去攻打羅國……
父王英明，孩兒定必凱旋歸來！
祝少主早日凱旋回國！
楚
哼！憑我智勇雙全，我軍又強大，一定能輕取羅國！
楚國的大夫鬥伯比卻不禁嘆氣。
屈瑕一向趾高氣揚，傲慢輕敵，今仗可能敗陣。

趾高氣揚
趾高氣揚

果然，屈瑕到了前線，沒有深入研究作戰方法和謹慎部署，就胡亂揮軍直進……
結果，受到羅國與盧國的前後夾攻，全軍覆沒！
投降……
屈瑕真的不自量力。只有我這樣具備真材實料，才可以趾高氣揚啊！
不看眼前路，很易跌倒啊！

近義 耀武揚威、不可一世

反義 低聲下氣、垂頭喪氣

趾

十一劃

高

十劃

氣

十劃

揚

十二劃

例句：

志文的工作才有了一點成績，就一副趾高氣揚的樣子，不把其他人放在眼內。

孺子可教

廣 jyu4 zi2 ho2 gaau3

普 rú zǐ kě jiào

釋義

能聽從長輩教導，值得栽培造就的人材。

張良原是戰國時代韓國的公子。他因行刺秦始皇事敗，遂隱姓埋名，逃到一個叫下邳的地方躲藏。
韓
下邳

一天，張良在橋上散步。
喂！我的鞋子掉到河裡去了，快點幫我拾起呀！

張良見他年老，便幫忙將鞋拾回。
來！快幫我把鞋子穿上！

出處 《史記 · 留侯世家》

張良不厭其煩幫老人家穿上鞋子。
唔，這個孩子很有修養，讓我再來考驗他……
五天後的早上，你來這裡找我吧！

五天後的早上，張良準時到達。但老人家一早就站在橋上等他！
跟長輩約會，應該早一點到達。你五天後再來吧！

五天後，張良一早便到達，但老人比他更早。
你又遲到了！過五天再來！

孺子可教 孺子可教 孺子可教 孺子可教

又五天後，天還沒亮，張良就摸黑來到橋上。這次他終於比老人早到。
啊！這樣才有出息，我送你一本《太公兵法》吧！
這果然是一部好兵書！
張良將兵書熟讀，後來成為劉邦的重要謀士，並且立下不少汗馬功勞。
「孺子可教」就用來形容年輕人有出息，可以造就的意思。
我也是「孺子可教」吧！哈哈！
你每天早上天沒亮就起床，替我打掃全屋再說。

近義 可造之材

反義 朽木不可雕

孺

十七劃

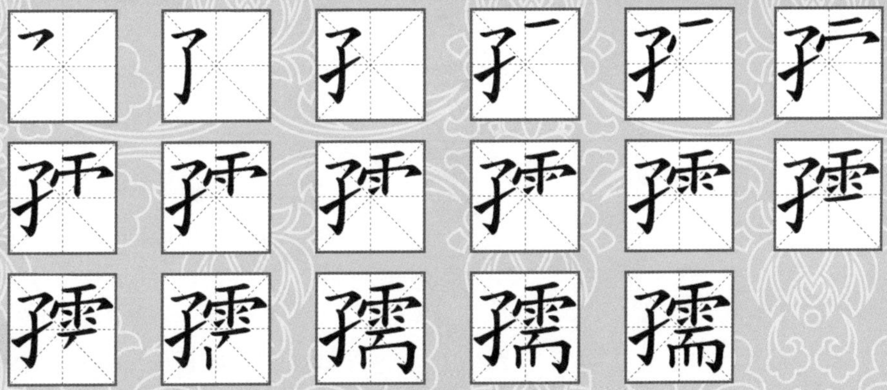

子

三劃

可

五劃

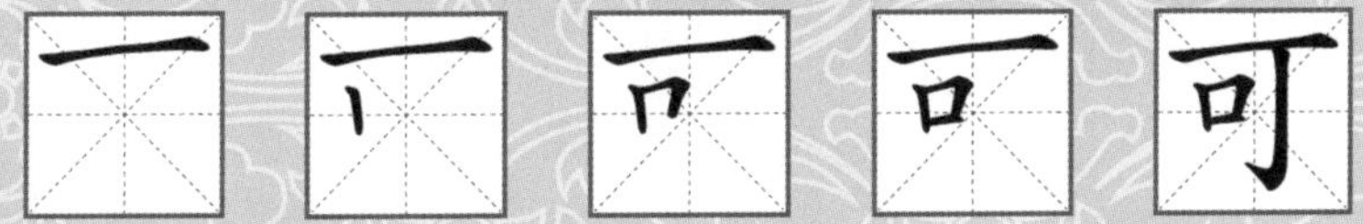

教

十一劃

例句：

他是個領悟力強的學生，只要老師加以提點，就能明白箇中的竅門，真是「孺子可教」！

專心致志

廣 zyun1 sam1 zi3 zi3

普 zhuān xīn zhì zhì

釋義

指一心一意、聚精會神去做好一件事或學習一門技藝。

從前，有一位下棋高手，他收了兩名弟子。上課時，其中一位弟子非常專心地學習，另一位卻心不在焉……
他一會兒看看窗外的景色，一會兒側耳聽聽天上的雁鳴。
這時，窗外剛巧有幾隻天鵝飛過……
要是有一張弓，幾枝箭……

出處 《孟子．告子上》

唉，有弓有箭也沒用，現時正在上課呢！
你！
甚麼事？!
我教完了，你們對奕一局吧！

專心致志

專心致志

專心致志

專心致志

棋局擺開，那專心聽講的弟子，很快就把對手殺得片甲不留。
………
………
………
下棋雖然是小小的技藝，算不上甚麼大本事，但若不專心致志地學習，也難以學好啊！
你明白「專心致志」的意思嗎？
非常明白！我一定不會像那弟子般的分心！
我會專心致志地跑去射天鵝！

近義　全神貫注、一心一意

反義　漫不經心、心不在焉

專

十一劃

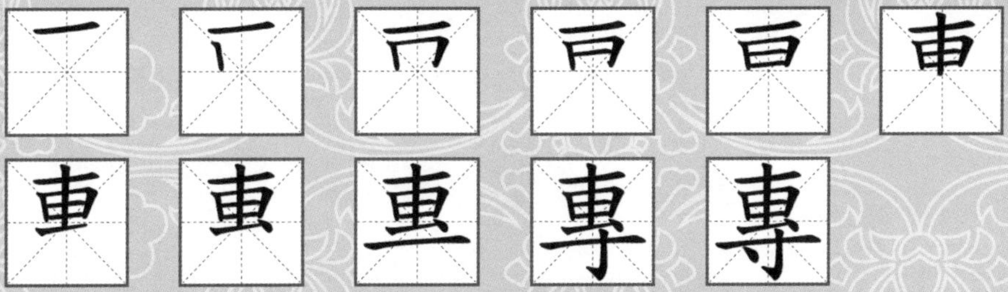

心

四劃

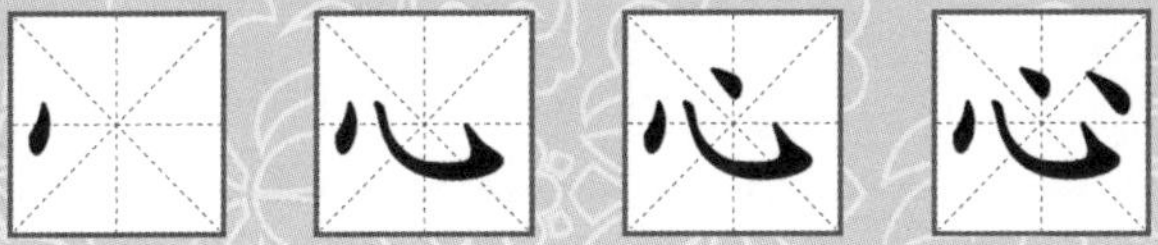

致

九劃

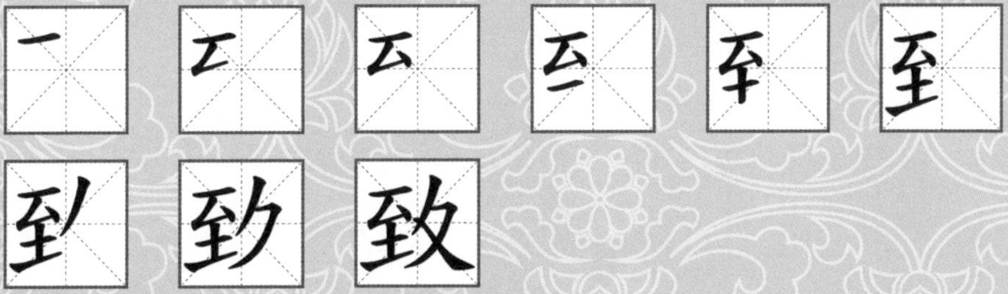

志

七劃

例句：

下課鈴聲已響過，但小朋友仍在專心致志地畫畫，課室外的家長只好帶着笑容靜心等候。

夜郎自大

廣 je6 long4 zi6 daai6

普 yè láng zì dà

釋義

形容妄自尊大的人。

左看右看，我真是英俊不凡！
我才是氣宇軒昂……
你們是「夜郎自大」才對！
夜郎？

出處 《史記 · 西南夷列傳》

漢武帝時期，中國西南方偏遠之地有個落後的小國——夜郎國。
從來沒有離開過國土的夜郎國國王，他以為自己的國家是全天下最大的。

有一天，夜郎國王與部下巡視國境……
哪個國家最大呀？
夜郎
當然是夜郎國啦！

走着走着……
天下還有比這座山更高的山嗎？
當然沒有啊！

夜郎自大 夜郎自大 夜郎自大 夜郎自大

接着，他們來到了河邊……
我認為這是世上最長的河流。夜郎是天下最大的國家啊！
大王說得對！
後來，漢武帝派使者出使夜郎……
漢朝使者，我想問你一個問題……漢朝和我國相比，哪個國家大呢？
這個小國，竟無知的自以為能與漢朝相比？
後來，「夜郎」用作比喻狂妄自大的人。
我比你英俊，當然是我穿得好看……
你沒聽到A博士讚我像「夜郎」那麼「靚仔」嗎？

義近　不可一世

義反　虛懷若谷

夜 八劃

丶 … 夜

郎 九劃

丶 … 良 … 郎

自 六劃

丿 … 自

大 三劃

一 ナ 大

例句：

小華夜郎自大，說他跑步可得世界冠軍，其實他只是在中學賽跑中得獎而已，成績也一般。

狐假虎威

廣	wu4	gaa2	fu2	wai1
普	hú	jiǎ	hǔ	wēi

釋義

假：借、憑藉。狐狸借着老虎的威勢把百獸嚇跑了。比喻假借別人的權勢來嚇唬人、欺壓他人。

哥哥，你別再玩遊戲機了，快做功課吧！A博士快回來了……
功課
你這小子在狐假虎威……
PDS
狐狸先生又不在，跟他有甚麼關係？
狐假虎威是一句成語呀！

出處 《戰國策．楚策一》

A博士，這句成語跟狐狸先生有關係嗎？
非也，這句成語出自《戰國策．楚策一》的故事。
話說楚宣王問他的大臣，為何北方各諸侯都很害怕楚國的大將軍昭奚恤……
請容臣子向大王說一個故事。
從前，森林裡的百獸之王老虎捉到一隻狐狸，正想把他吃掉……
你不敢吃我，我是天帝派來的百獸之王。吃掉我，你就違背了天帝的命令……

哼！你以為我會相信嗎？我現在就吃掉你！
等等，如果你不相信，就請你跟在我的後面，到森林裡走一趟，看看其他動物對我如何敬畏……
好！
路上，所有動物見到他們都逃得遠遠的。
看到吧？他們都怕了我。
老虎！
老虎!
原來你真的是天帝派來的百獸之王，那我就不敢吃你了……

義近

狗仗人勢、狐藉虎威、驢蒙虎皮

楚國的百萬大軍，都由昭奚恤掌管，所以北方諸侯害怕的不是昭奚恤……
而是楚國的軍隊，就像動物們害怕老虎一樣啊！
後來「狐假虎威」就用來比喻某些人倚仗權威者的勢力來欺壓別人……
我明白了，不過現在我也不需要「狐假虎威」了。
Q小子，你還不做功課？

義反

鋤強扶弱

狐

八劃

假

十一劃

虎

八劃

威

九劃

例句：

古代的貪官污吏，常恃着君王的寵信，狐假虎威的欺壓百姓。

成語積木

朱古力用不同形狀的成語積木砌出了以下圖案，上面寫有與「態度」有關的成語，但是貪玩的Q小子把內容遮蓋了，只留下部分圖案。身爲成語小偵探的你，能否根據圖案的提示及積木的形狀，將正確的成語填入對應的積木？

答案見頁 138

處世個案調查組

你是處世調查小組成員，正在偵查一衆小人類，看看他們的處世方法。在每個個案的最後，請你用一個與「態度」有關的成語，寫下評語。

個案 1

姓名：趙子棠
年齡：8
事例：他喜歡繪畫，老師也認為他在繪畫方面有潛質，並向他作提醒及建議。他一直謹記老師指導，改善自己的繪畫技術。

評 語

個案 2

姓名：陳俊明
年齡：10
事例：他是學校籃球隊成員，並且是正選隊員。籃球隊即將參與校際比賽，俊明認為籃球隊與鄰校進行友賽時經常獲勝，在校際比賽必可奪得冠軍。

評 語

個案 3

姓名：余嘉升
年齡：12
事例：是班上不受歡迎的人物。他經常欺負低年級的同學，並嚇唬他們如果不服從，就會找來就讀高中的哥哥教訓他們。

評 語

個案 4

姓名：梁芷婷
年齡：12
事例：喜歡閱讀，放假時不時前往圖書館借閱圖書。每當她開始翻閱圖書後，常常幾個小時都不離開座位，直至看完一個章節。

評 語

答案見頁 138

【狀況】

一個人就算聰明絕頂，如果荒廢學習，長大後跟普通人可能分別不大。假如這個人沒有明確的志向，甚至會因結識了壞朋友而誤入歧途。偵探就是這樣一步一步，嘗試從犯案者過往生活狀況的蛛絲馬跡中找出犯案動機。現在就讓我們學習一些有關狀況的成語。

小時了了

廣	siu2	si4	liu5	liu5
普	xiǎo	shí	liǎo	liǎo

釋義

幼年時很聰明，成年後不一定有成就。

孔融十歲時，曾慕名探訪當時十分出名的大官李元禮。
每天求見李元禮的人很多，看門的自然會擋駕一些閒雜人等。
閒人免進
如果我認作他的親戚，可能有機會見到他……
麻煩你通報一下……

小時了了
小時了了
小時了了

出處 《世說新語 · 言語》

親戚？快
請他進來！
李大人！
咦？你與
我有何親戚
關係？
我祖先孔子是你祖先
老子的學生，所以，我
們是世交呀！
李大人與眾賓客皆微笑
讚許小孔融的機智。

狀況

其時，卻有一位賓客
不以為然地搖頭說……
小時了了，大未必佳！
想君小時，必當「了了」！
「小時了了」本是對聰明小孩的讚語，但加上「大未必佳」……
整句意思變成：小時聰明的，長大後卻未必成才。
我是「小時不大了了，大了就必會很佳」！

近義　少年得志

反義　三歲定八十

小

三劃

時

十劃

了

二劃

了

二劃

例句：

表兄自甘墮落，但他幼時卻聰明伶俐，真的小時了了呢！

初出茅廬

廣	co1	ceot1	maau4	lou4
普	chū	chū	máo	lú

釋義

初次離開隱居的茅屋。後來用以比喻剛進入社會工作，入世未深，缺乏經驗。

A博士，你那麼聰明博學……
相信做事一定非常順利吧！
想當年初出做事，也曾有作事糊塗及「撞板」事情發生的！
就是人家所說的「初出茅廬」嘛！
這是十分著名的成語啊！出自《三國演義》諸葛亮出任劉備軍師的故事……

出處 《三國演義．第三十九回》

東漢末年，天下紛亂，外戚與宦官交替掌握朝政，國家陷入黑暗混亂之中；至桓、靈兩帝時更發生了兩次黨錮之禍，以致朝政腐敗，民不聊生……
各方豪傑擁兵自重、各據一方，以圖得天下而治之……
漢代宗室劉備亦在此時意圖復興漢室……
諸葛亮乃不世奇才，若他能替主公效力，則統一大業又何愁？
好！
於是劉備遠赴隆中，專程拜會諸葛亮……
諸葛先生出遊去了！

狀況

劉備三顧草廬，其誠意終於感動諸葛亮，最終答應出山助他打天下。
劉皇叔禮賢下士，誠意可嘉……實為天下明主，在下願效犬馬之勞!!

首次出戰便面臨曹軍大敵，但在諸葛亮的神機妙算下，劉備軍隊竟大獲全勝……諸葛亮初掌兵權就立下大功。

「初出茅廬」就是從這個故事演變出來……
後來用作比喻年青人初入社會，缺乏磨練，若肯虛心學習……
當然較易熟悉工作，作出成績……

義近

初露頭角、乳臭未乾、初露鋒芒

Q小子，他日你初出茅廬……就會明白今天我所說的話！

不必等到他日，我早已經常進出茅廬……而且一鳴驚人！

呵！呵！你所謂的「一鳴驚人」是在「茅廁」，不是茅廬！

初
七劃

出
五劃

茅
九劃

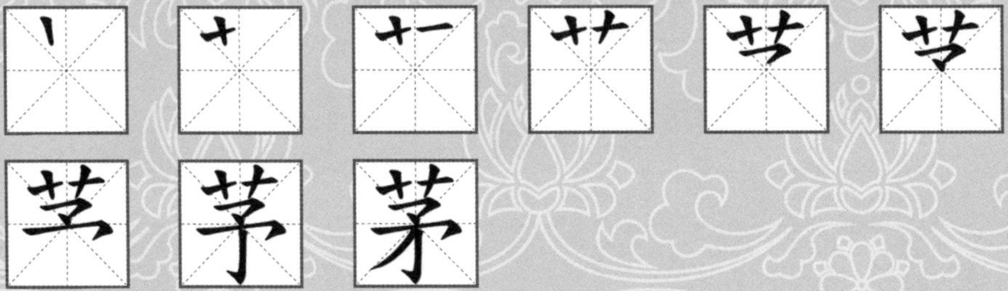

廬
十九劃

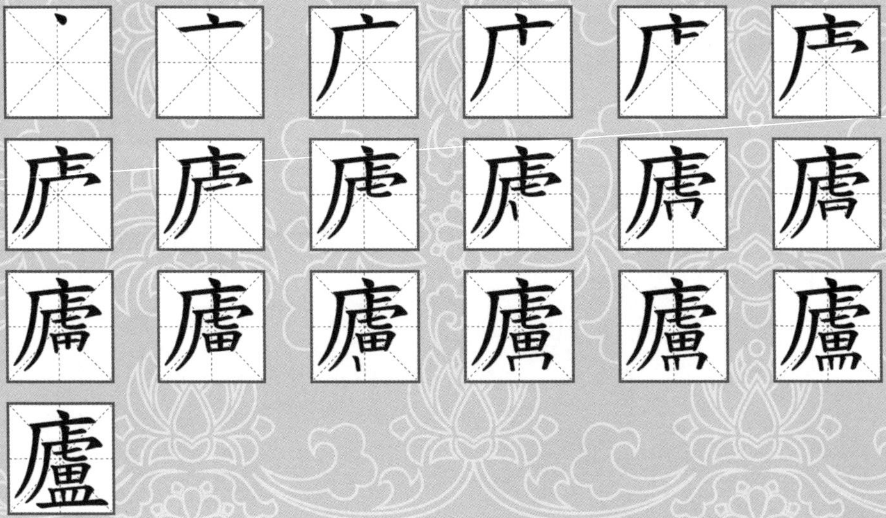

例句：
你初出茅廬，缺乏處世經驗，做事必須審慎一點，才不致吃力不討好！

債臺高築

廣 zaai3 toi4 gou1 zuk1

普 zhài tái gāo zhú

哇，好香的咖哩呀！
哥哥，我想借來嚐一口！
哇，好味道呀！
好脆的炸雞呀！
真的嗎？借來試試啊！
朱古力，你向我們借了那麼多食物，何時才會還呢？

釋義

債，債務。表示欠債纍纍，無法償還。

出處 《漢書 · 諸侯王表序》

哈哈，朱古力真的是債臺高築了！
阿財煲粥？是這裡的拿手小菜嗎？
是成語「債臺高築」呀，話說戰國那時……
戰國時代，楚孝烈王聽聞魏國把秦國打敗，認為此乃出兵的好時機，於是請求周赧王聯合各國滅秦。
楚孝烈王
趁這大好機會，把強秦一舉消滅！
周赧王
好極！讓我召集各國軍隊！
不過東周的實際領域很小，朝廷很窮，根本沒錢花在軍費上……
稅

債臺高築
債臺高築
債臺高築

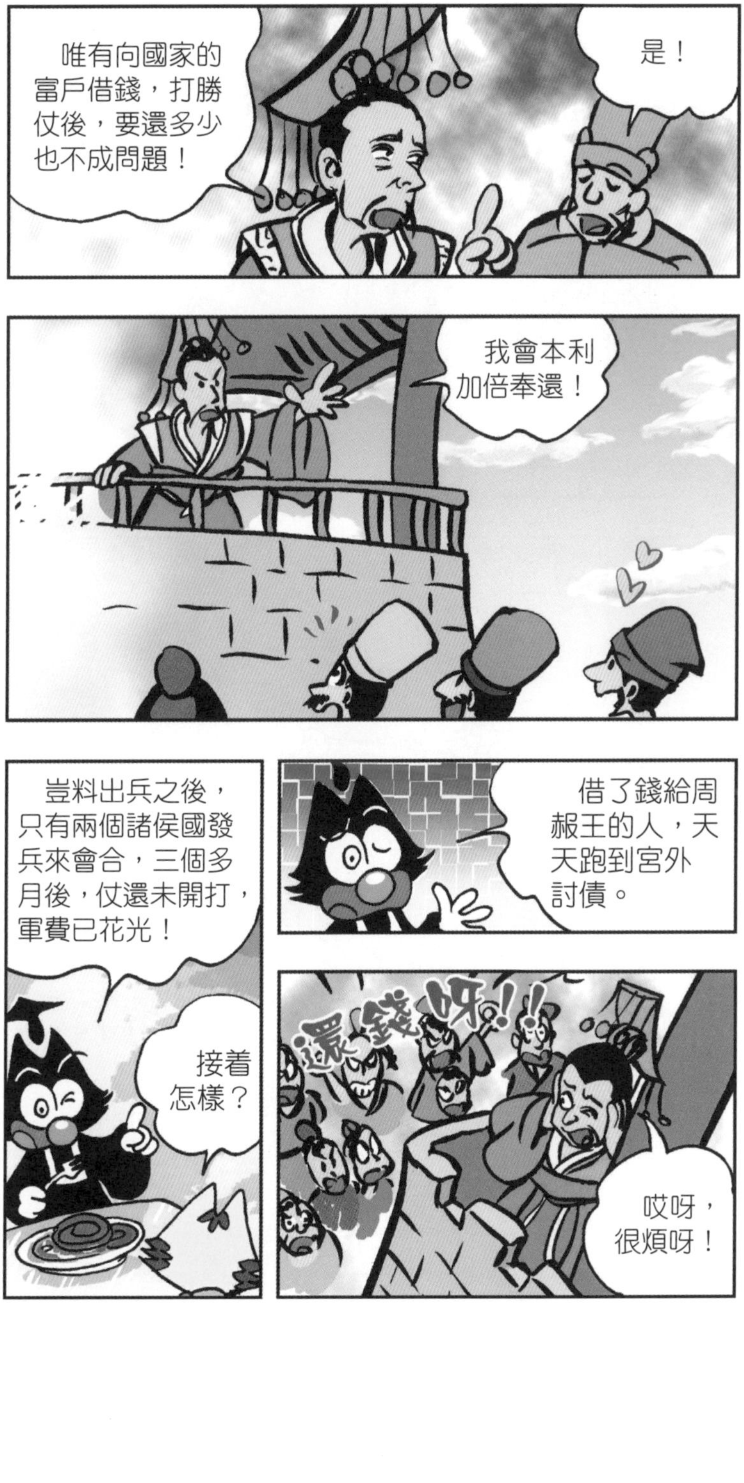
唯有向國家的富戶借錢，打勝仗後，要還多少也不成問題！
是！
我會本利加倍奉還！
豈料出兵之後，只有兩個諸侯國發兵來會合，三個多月後，仗還未開打，軍費已花光！
接着怎樣？
借了錢給周赧王的人，天天跑到宮外討債。
還錢呀！！
哎呀，很煩呀！

因為周赧王根本沒錢還給富戶，唯有躲在高臺上，避開大吵大鬧的追債噪音。
後來人們就把這座高臺叫作「避債臺」。
你不要債臺高築呀！
當然不會啦，因為……我畏高呀！

近義：家徒四壁

反義：金玉滿堂

債
十三劃

臺
十四劃

高
十劃

築
十六劃

例句：

陳先生炒股票輸了很多錢，現在每天都過着債臺高築的日子。

江郎才盡

廣	gong1	long4	coi4	zeon6
普	jiāng	láng	cái	jìn

釋義

比喻一個人本來極有才氣，但由於生活過於安逸，以致後來銳氣全失，文思枯竭減退。

哈哈，你「龜郎財盡」了！
破產了！破產了！
是「江郎才盡」吧？
龜太郎快敗給我，所以我說他「龜郎財盡」！
一局清袋～

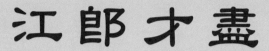

出處 南朝．梁．鍾嶸《詩品．齊光祿江淹》

也有道理！
但要聽聽「江郎才盡」的成語故事麼？
好！
南北朝有一位文人名叫江淹，寫作時文思泉湧，意到筆隨，因此很早成名。
江淹
黯然銷魂者
唯別而已矣
可惜晚年因依附權貴，生活過於安逸，竟然再也寫不出好文章來……
他為了給自己一個下台階，竟然跟人們說自己發了一個夢……
我昨晚夢見東晉文學家郭璞先生……

江郎才盡

江郎才盡

江郎才盡

江郎才盡

狀況

義近

黔驢技窮

他說有一支筆放在我這裡多年，我往衣袋一摸，果然有支五彩筆，於是立刻還給他。
自江淹把筆「還給」郭璞後，便再也寫不出好的作品……
所以後人便用「江郎才盡」來比喻才氣用盡，才思枯竭。
江(江淹)郎才盡
文采
江郎才盡
好！我們繼續！
來擲個幸運號碼……

咍咍～
你停在我的酒店了，盛惠五萬九千七！
Q郎才盡～
Q郎財盡～
我剛才只是手震，所以不算數！重新再擲！
你Q郎無賴！
你龜郎自大！

江

六劃

郎

九劃

才

三劃

盡

十四劃

例句：

他從前也算是有名氣的作家，但近幾年全無新作面世，怕是江郎才盡啦！

可憐的犯案理由

家強因爲參與一宗搶劫案，即將面臨刑罰。他撰寫了一篇自白，提到他的經歷以及犯案理由，你能找出他犯案的主要理由嗎？另外，自白當中有些地方稍嫌累贅，你能用一些學過的成語代替嗎？

家強的自白

我小時候是成績優異的學生，而且喜歡閱讀和寫作，常常一整天①不願意把書放下來，並立志成為作家。我一直努力學習，大學畢業前，我贏得全港青年作家比賽，順利獲出版社邀請出版小說，成為作家。雖然我只是②第一次出版小說，但卻非常受歡迎。我寫作的數本小說更曾經風靡一時，可是最近很多人說我的作品沒有新意，更指我③文思枯竭，再寫不出好作品了。我為此感到意志消沉，加上有朋友建議我以賭博紓解壓力，結果我因沉迷賭博而④欠下很多債務。我為了償還債務只好鋌而走險。很多人嘲笑我，說我⑤即使小時候很聰明，但是長大後不一定有成就。我現在為所犯下的錯感到後悔，也願意接受法律制裁，希望大家給予我改過自新的機會。

家強犯案是因爲

答案見頁 138

原來當一名偵探要掌握那麼多技巧，還眞的不簡單啊！
你覺得哪種技巧最有用？你又最喜歡哪個成語故事？試把你覺得最深刻的寫下來與家人、同學分享吧！

歷史人物放大鏡

小偵探，你知道不少成語故事，都與著名的歷史人物有關嗎？要真切評價一個人，我們必須從不同的角度去認識他們。就讓我們用偵探的放大鏡，去看看前面一些成語故事中提及的歷史人物，有甚麼不平凡的經歷。

人物

西施

西施，又稱為西子，是中國春秋時代越國的美人，後來成為吳王夫差的妃子。

我跟貂蟬、王昭君與楊貴妃並稱中國古代四大美人。請多多指教。

西施的美人形象為人熟悉，而古代詩詞更常以西施作詠嘆或比喻對象。宋朝文學家蘇軾曾在《飲湖上初晴後雨》詠西湖，當中「欲把西湖比西子，淡妝濃抹總相宜。」便以西湖比喻作西施。

我是有病才皺眉的。唉……命苦……

與西施有關的成語，除了本書介紹過的「東施效顰」及「沉魚落雁」外，另有「西眉南臉」。「西眉」是指西施的眉；「南臉」是指春秋時代美女南威的臉。這個成語是用作比喻美人的容貌。

頁 28 東施效顰

頁 42 沉魚落雁

項羽是戰國時代楚國貴族的後裔。秦朝末年，各地民變不斷，項羽是其中一支反秦勢力。
我在鉅鹿之戰以寡敵眾大破秦軍，「破釜沉舟」的故事便是跟這場戰役有關。
秦朝滅亡後，項羽和劉邦為了爭奪天下而各不相讓。後來，劉邦勢力漸大，項羽節節敗退。
在垓下之戰，項軍被重重包圍之際，項羽寫下了《垓下歌》，當中「力拔山兮氣蓋世，時不利兮騅不逝」表達了命運弄人的悲憤。
劉邦又命令士兵向項羽陣營唱起楚國歌謠，令項羽士兵士氣全失，最終項羽於烏江自刎。這個故事成為成語「四面楚歌」，意指處處受敵。項羽的經歷帶給了後人很多啟示。
我再無面目見江東父老，唯有一死以謝天下。

頁 56 破釜沉舟

人物

項羽

人物

關羽

關羽是三國時代蜀國的著名武將。關羽和張飛為劉備建立蜀國立下不少功勞，二人更被譽為「萬人敵」。
為了維繫蜀國與東吳的聯盟，共同對抗曹操，我曾「單刀赴會」，隻身與東吳將領魯肅商談。
關羽矢志追隨劉備，曹操曾讚揚關羽：「事君不忘其本，天下義士也。」因此後人以「義薄雲天」稱譽關羽的義氣。
©d'n'c/Flickr (www.flickr.com/photos/jasonhuang/241838352)
在《三國演義》中，關羽留書掛印離開曹操後，經多番波折始成功投奔劉備，故事後來化成了成語「過五關斬六將」，比喻克服重重困難。現時世界各地多處都有關帝廟，受到世人景仰。

頁 72 義薄雲天

孔融是東漢末年的文學家，曾經擔任北海相一職，因此當時的人也稱他「孔北海」。
孔融是孔子的後人，而且為人正直敢言，在當時甚有名望。
孔子是我的祖先。
除了「小時了了」外，孔融小時候另有「孔融讓梨」的故事。孔融小時候，某天家中有些梨子，孔融挑了一個最小的給自己。大人問他原因，他說因為自己年紀最小，便拿最小的。這個故事讚揚了謙讓的美德。
梨子有大有小……我年紀最小，應該拿最小的。
孔融也樂於提攜後進，他欣賞年輕的禰衡的才華，即使二人年紀相距甚遠，孔融仍與禰衡成為好友。這個故事後來成為成語「忘年之交」，指不計較年歲輩分而結交為友。

頁 106 小時了了

你已經閱讀了二十三個成語故事了。試來接受挑戰，看看你是否已懂得靈活運用這些成語。

第一關

以下成語有哪些近義詞與反義詞？試用直線將他們連結起來。

近義詞	成語	反義詞
孜孜不倦 •	• 初出茅廬 •	• 貌似無鹽
初露鋒芒 •	• 信口雌黃 •	• 老馬識途
國色天香 •	• 趾高氣揚 •	• 無憂無慮
信口開河 •	• 手不釋卷 •	• 垂頭喪氣
不可一世 •	• 閉月羞花 •	• 一暴十寒
庸人自擾 •	• 杞人憂天 •	• 三緘其口

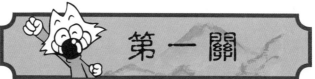

第二關

圈出適當的答案。

1. 雖然表姊________，但是工作甚有條理，令人刮目相看。
   (a) 閉月羞花　(b) 趾高氣揚
   (c) 初出茅廬　(d) 義薄雲天

2. 靜怡上課時經常主動發問，也好好記住老師的教導，真是________。
   (a) 小時了了　(b) 手不釋卷
   (c) 狐假虎威　(d) 孺子可教

3. 學生會會長在會議上________地提出他的見解。
   (a) 口若懸河　(b) 墨守成規
   (c) 專心致志　(d) 信口雌黃

4. 球隊在比賽中落後，大家抱着________的決心跟對手一拼。
   (a) 東施效顰　(b) 破釜沉舟
   (c) 杞人憂天　(d) 夜郎自大

5. 樂恆明明犯錯卻以各種理由推卸責任，這不是________嗎？
   (a) 一言九鼎　(b) 陶侃搬磚
   (c) 匹夫之勇　(d) 強詞奪理

6. 聽說這家店鋪的老闆因經營不善，現已________，員工都擔心前途。
   (a) 江郎才盡　(b) 債臺高築
   (c) 沉魚落雁　(d) 杞人憂天

第三關

根據以下提示說明，將正確的答案填入空格處。當中包括在《白貓黑貓成語漫學 1 數字密碼篇》和《白貓黑貓成語漫學 2 動物傳奇篇》學過的成語。

橫向

1. 遇到跟自己意氣相投的人或很適合的環境
2. 只逞一時血氣之勇的人
3. （倒置）不值得留意的小事
4. 各自施展本領，解決當前的困難
5. 假借別人的威勢來欺壓他人
6. 完成一件事情而獲得雙重的收穫
7. 為了不切實際的事情擔憂

直向

一. 形容女子貌美，魚鳥不敢與之媲美

二. 朋友相交親密如手足

三. 雖有江水阻隔，但距離不遠，關係非常密切

四. 絕不輕易失信於人

五. 謠言一直出現而掩蓋真相

六. 難登大雅之堂的技能

七. 形容一個人很有義氣

斜向

i. 幼年時很聰明，成年後不一定有成就

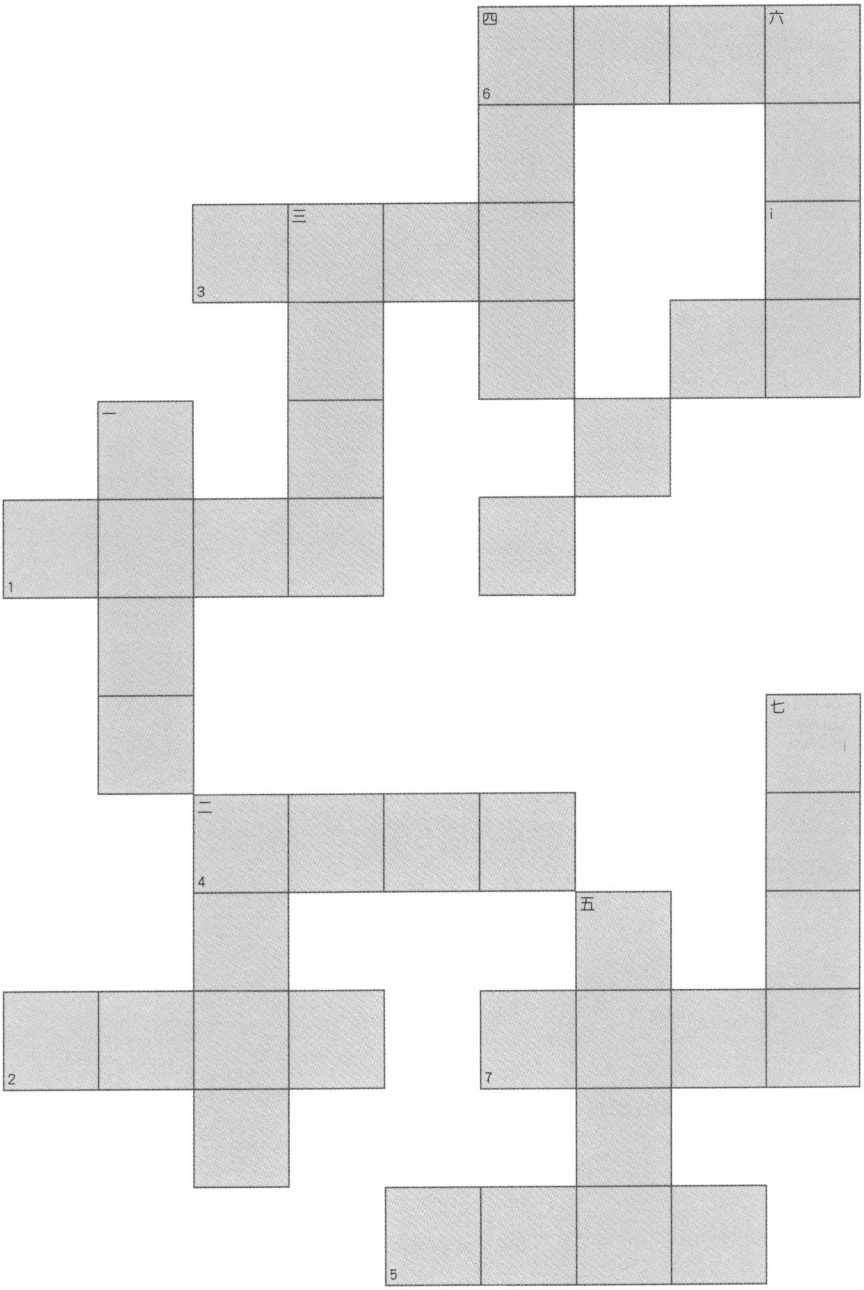

成語挑戰站

第四關

判斷以下各項的成語用法是否正確。正確的，在橫線上加「✔」；不正確的，在橫線上填寫正確的答案。

1. 為了幫助朋友渡過難關，嘉俊不惜賣掉汽車，真的是**夜郎自大**。 ______________

2. 他自以為學問了得，遇上他人請教就一副**趾高氣揚**的態度，令人討厭。 ______________

3. 偉源上課時**手不釋卷**，而且從不欠交功課，難怪成績名列前茅。 ______________

4. 他經常為小事而擔憂受怕，恐怕是**江郎才盡**了。 ______________

5. 我們處理任何事情前都應有周詳考慮，單憑**狐假虎威**，是難以成功的。 ______________

6. 她以為只要模仿偶像明星的打扮，便可得到朋友的讚美，結果**東施效顰**。 ______________

7. 成功的企業家必須勇於創新，不能**墨守成規**，才能迎合社會潮流。 ______________

8. 假如我們能效法「**一言九鼎**」的精神，每天持續鍛鍊心志，總有一天會成功的。 ______________

第五關

試利用以下的成語自由造句。

1. 手不釋卷

2. 破釜沉舟

3. 小時了了

4. 夜郎自大

5. 初出茅廬

6. 閉月羞花

恭喜你完成挑戰！如果你全部答對，又懂得如何造句，你已能靈活運用本書的成語了。繼續努力學習更多成語吧！

（答案在下頁）

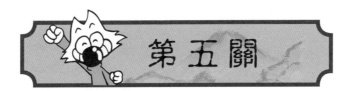

成語遊樂園答案：

P.25	小偵探初階訓練班	答案：1. 一言九鼎　2. 口若懸河　3. 信口雌黃　4. 強詞奪理
P.26	通關鎖匙	答案：1. 信口雌黃 ⇆ 三緘其口　2. 一言九鼎 ⇆ 出爾反爾 3. 強詞奪理 ⇆ 理直氣壯　4. 口若懸河 ⇆ 沉默寡言
P.54	看圖解謎題	答案：1. 閉月羞花　2. 愛屋及烏　3. 一言九鼎　4. 東施效顰　5. 陶侃搬磚 6. 手不釋卷 ***「愛屋及烏」是《白貓黑貓成語漫學 2 動物傳奇篇》學過的成語。**
P.79	性格大搜查	答案：1. 杞人憂天　2. 義薄雲天　3. 墨守成規　4. 破釜沉舟
P.103	成語積木	答案：

專		致	狐	孺
	郎	志	假	
	自	大		可
高	氣	揚	威	教

P.104	處世個案調查組	答案：個案 1. 孺子可教　個案 2. 夜郎自大　個案 3. 狐假虎威　個案 4. 專心致志
P.125	可憐的犯案理由	答案：1. 手不釋卷　2. 初出茅廬　3. 江郎才盡　4. 債臺高築　5. 小時了了 家強犯案是因為債臺高築。

成語挑戰站答案：

第一關

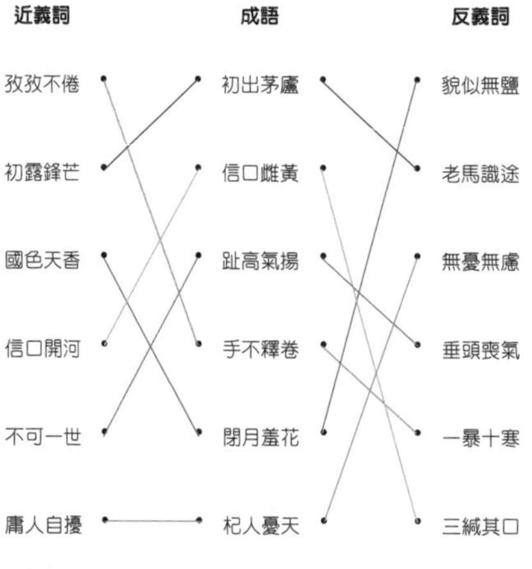

第二關　1. (c)　2. (d)　3. (a)　4. (b)　5. (d)　6. (b)

第三關　橫向：1. 如魚得水 *　2. 匹夫之勇　3. 九牛一毛 *　4. 八仙過海 *　5. 狐假虎威　6. 一箭雙雕 *　7. 杞人憂天

直向：一. 沉魚落雁　二. 八拜之交 *　三. 一衣帶水 *　四. 一言九鼎

五. 三人成虎 *　六. 雕蟲小技 *　七. 義薄雲天

斜向：i. 小時了了

*** 有標示者是《白貓黑貓成語漫學 1 數字密碼篇》和《白貓黑貓成語漫學 2 動物傳奇篇》學過的成語。**

第四關　1. 義薄雲天　2. ✔　3. 專心致志　4. 杞人憂天　5. 匹夫之勇　6. ✔　7. ✔　8. 陶侃搬磚

《白貓黑貓成語漫學 3 偵探頭腦篇》讀者回饋卡

親愛的讀者，你好！
感謝你對明報教育出版的支持，為了讓我們能更貼近讀者的需求，誠邀你將寶貴的意見和看法與我們分享。請填妥讀者回饋卡，並寄回香港柴灣嘉業街 18 號明報工業中心 A 座 15 樓明報教育出版有限公司收（信封面註明「白貓黑貓成語漫學3讀者回饋卡」），將有機會獲贈精美禮物。數量有限，送完即止。

購買資訊

得知本書的渠道：

☐ 明報教育出版網站　☐ 明報廣告　☐ 書店宣傳
☐ 網絡書店　☐ 社交媒體
☐ 學校／老師推薦　☐ 同學／朋友／家人推薦

購書渠道

☐ 連鎖書店　☐ 便利店　☐ 網絡書店
☐ 書展　☐ 學校集體訂購
☐ 其他（請註明）＿＿＿＿＿＿＿＿

閱讀評價

封面設計	☐ 優良	☐ 滿意	☐ 尚可	☐ 不滿意
版面設計	☐ 優良	☐ 滿意	☐ 尚可	☐ 不滿意
漫畫故事內容	☐ 優良	☐ 滿意	☐ 尚可	☐ 不滿意
成語遊樂園內容	☐ 優良	☐ 滿意	☐ 尚可	☐ 不滿意
成語挑戰站內容	☐ 優良	☐ 滿意	☐ 尚可	☐ 不滿意
價格	☐ 優良	☐ 滿意	☐ 尚可	☐ 不滿意
印刷質素	☐ 優良	☐ 滿意	☐ 尚可	☐ 不滿意
作者	☐ 優良	☐ 滿意	☐ 尚可	☐ 不滿意

對本書的整體評價：＿＿＿＿＿＿＿＿

希望日後出版社提供哪些主題和內容的出版物：＿＿＿＿＿＿＿＿

希望日後出版社提供哪一類贈品：＿＿＿＿＿＿＿＿

個人資料

姓名：＿＿＿＿＿＿＿＿　性別：☐ 男　☐ 女
年齡：＿＿＿＿　身份：☐ 家長　☐ 孩子　如你是家長，家中有孩子＿＿個
電話：＿＿＿＿　電郵（如有）：＿＿＿＿
地址（寄禮物用）：＿＿＿＿＿＿＿＿

請在以下適用選項加上 ☑：
☐ 我已閱讀並同意後頁有關收集個人資料聲明的內容。
☐ 我希望接收明報教育出版有限公司或旗下相關機構的通知或推廣資訊。

明報教育出版有限公司收集個人資料聲明

本聲明為明報教育出版有限公司（下稱本機構）因收集讀者意見的目的對讀者之個人資料的處理聲明。

一、收集資料的目的：

收集讀者意見、在其章程規定的活動範圍內與讀者聯絡。

二、資料當事人類別：

讀者、為未成年讀者行使親權者或未成年讀者之監護人。

三、資料種類：

因上述目的，本機構可能會收集及處理以下的個人資料。當中，有些資料可能是必須收集的，有些則可能是由當事人自願選擇提供的。如有疑問，可向本機構查詢。

1. 身份認別資料：姓名、年齡或出生日期、性別、地址、電話號碼、電郵地址。
2. 如資料當事人為未成年人士，上述所指的身份認別資料包括監護人姓名及聯絡方法。
3. 家庭情況：家中小孩數目、由其行使親權或監護之未成年人士的姓名。
4. 其他資料：根據本機構章程收集的其他資料。

四、使用資料作其他推廣

我們擬使用當事人的個人資料提供其他推廣資訊，如同意有關使用，請於本回饋卡「我希望接收明報教育出版有限公司或旗下相關機構的通知或推廣資訊。」的空格加上「✔」號。

五、當事人的權利

當事人有權要求查閱及／或更改個人資料，當事人須以書面方式向本機構負責人提出要求，並可能需繳付合理的費用。

白貓黑貓成語漫學 3　偵探頭腦篇

作　　者　：　方舒眉　馬星原
主　　編　：　劉志恒
美術主編　：　陳國威
責任編輯　：　譚麗施
編　　輯　：　鍾秀文
美術設計　：　關潔怡
排　　版　：　李金興

出　　版　：　明報教育出版有限公司
香港柴灣嘉業街 18 號明報工業中心 A 座 15 樓
電話：(852) 2515 5600
傳真：(852) 2595 1115
電郵：cs@mpep.com.hk
網址：http://www.mpep.com.hk

發　　行　：　泛華發行代理有限公司
香港筲箕灣東旺道三號星島新聞集團大廈三樓

印　　刷　：　高科技印刷集團有限公司
香港葵涌和宜合道 109 號長榮工業大廈 6 樓

初版一刷　：　2016 年 12 月
定　　價　：　港幣 65 元 | 新台幣 295 元
國際書號　：　ISBN 978-988-8349-61-6